意識の瑪瑙

今唯ケンタロウ

港の人

目　次

意識の瑪瑙

2012-2016

I

II

III

装画
福田紀子
《意識の瑪瑙》　2018年
紙にオイルパステル、透明水彩、ジェッソ、コンテ
420 × 327mm

I

意識の瑪瑙

意識の瑪瑙が沈殿する
しかばねの森
羽雪
しましまのあざらし探している
大陸に向かう異形船、貿易船
どんなしじまに包まれて
眠りのなかで乱暴げなダンス繰り広げ
ハッピーマウンテン、

アンハッピーマウンテン
意識の瑪瑙　閉じ込めた
しかばねに羽雪
しまぱんだ
しまくじら
しましまのあざらし
しましまへの進化の糸口が垂れ下がるその森へ
貿易船は沈みゆく　意識の瑪瑙　積んだまま

果てしない試み

水銀戦士たちの明滅
破滅の塔の入口
真新しい彩度での切り込みを入れる　果てしない試みの夜
まどろみのどうぶつ
あんなところに洞窟がある　皆、そこにいる?
どこかで深い深い水が湧き出し
世界に浸透していく様を　破滅の塔の階段を駆け上る栗鼠が想像すると
水銀戦士たちはめまぐるしく
明滅は　果てしない夜の試みを照らす

その頃　まどろみのどうぶつ
そこにいる?
あんなところに洞窟があるけど……誰かがそう言った。
世界を満たしていく　こんな喜びこんな悲しみでもないただそこにそれが在るのだという感情が
栗鼠を階段の上へ上へと駆け上がらせて
破滅の塔が　真新しい彩度に傾き　果てしない試みの夜明けには
深い深い水の底にあるという
栗鼠はその頂で見るだろう
水銀戦士たちは眠りのなか
まどろみのどうぶつ
あんなところに洞窟があるけど……誰かがそう言った。

サンダーリンダ

遊ぶ、サンダーリンダ
高熱の夢の踊り場を駆けることでしか始まらない　掛け値なしの送別
世界が廻しきれぬ猿バトル　その殺しの美しさ
リンダの涙
受け皿はいつも真っ赤な乱反射
クタビルレ前のダンサーを一人一人撃ち抜く
ところが　駅は静かで　黒いものだけが手足もなく漂っている
世界が聴き取れぬ
その隙間でしか生存危機を逃れられない猿バトル

美しい
リンダは涙
零れ落ちる破片を拾っては
一つ一つ丹念に潰す　そしてまた軽やかに
高速の夢の踊り場　幾つもの踊り場に　幾つものリンダ
クタビルレ前の戦闘
すべてのダンサーに勝らねばならぬリンダ
ついでにすべての猿を仕留めるリンダ
どうして　駅は静かで　黒いものはいつでも優雅に漂って
リンダは遊ぶ　リンダは笑い者　リンダは殺戮者　猿バトルの頂点　ダンサーの頂点
そのすべてを引っくり返しては、また世界の裏側に躍り出るリンダ
受け皿から散らばる　リンダの手紙が届かない
電車が来る気がする

俄かに慌しくなる駅
皆忘れてしまうだろう　サンダーリンダ、夢の踊り場で回転する

キャンディ

なんて不快な飴玉
濁った虹　とてつもなく綺麗な虹　めまぐるしく
舌先の誘惑
風は高くてあんなに楽しそうに嬉しそうに遊んでいるというに
そこへも行けず　何故
このような不快な飴玉手に持って
空の色　七色　暗く明るく　めまぐるしく

細く尖る切っ先
風の歌声　風の微笑み　祝福
飴玉ひとつ　飴玉ふたつ……飴玉みっつよっついつつ、……
切り裂いたら　流れ出すだろうか　その痛みと悦び
風になる　虹になる　空になることも可能
そんな人間の飴玉を握りしめて

Let's 可愛い死肉

可愛い死体　可愛い肉
Let's 団子　皆で団子
舞い上がる陽気な
可愛い骨　可愛い歯
Yes, クッキー Non, クッキン
舞い上がれ陽気
皆シルエットだから　いいよね

可愛い死肉　可愛い
Let's 団子　It's 団子
Ok, クッキー Nonnon, クッキン
秘密なら　きみのシチューにだけ入れておくれ
可愛い死体　可愛い肉　気分は陽々！　Let's 団子　It's 団子
可愛い死肉　可愛いよ

首切り宝石アミューズメント

首切り　宝石　並べるアミューズ
原始林商業特区
こんなところにすてきな買出し
スキップだけの民族集い
すべてを内部に凝視する　鳥たちの空ろな目が遍く、
首切り　宝石　ボウリング
原始林商業特区

いつの間にかすてきな怪物
舞わせ　舞わせ
空の屋根に影の家が連なる　彼らの目が遍く、
首切り　宝石　マネー　マネー
すてきな買出し　すてきなスキップ
原始林商業特区に招かざる客足のスコールが降り注ぐまで

ガルー船

影と死体をのせてゆく　ガルー船
夢でもない　うつせの狭間の浜辺にのりあげた
影と死体を　大きなハサミで切り離し
とくべつに　ガルーがきたえたハサミで
内臓の海
きれいな星
この船の通り道からしか見えない星
白くひび割れた貝の夜空
ガルーが吠える　いさましくさみしい

船はどんぶら
そろそろ死体を捨てるとき
憂鬱に囚われてぐうにゃりとゆがんでしまった死体
ここは憂鬱の死体の海だもの
きれいな星が過ぎていく
影はよりそいふるえている　ガルーが吠える
夢じゃない　うつせを離れてゆく船の道　とおい知らないところがあるなら
きっとそこですらないとこへ行ってしまう船

労働者の川

労働者の川に砂金が流れる
ここにはもう誰もいない
沙漠の果てるところまで闇夜がつづく
音もなく
どうしてこんなに穏やかでしたたかに砂金は流れていく

月さえも白くなって　干からびて死んでしまった
労働者の川
その川辺に佇んで　微笑む　おどける　夢を見る者もなく
労働者の川　砂金を運ぶ
沙漠の果てまで闇夜を追って

陰気な競馬

ここにある陰気な競馬
見たこともない　したこともない競馬
静かな森のなか
人が溢れている　金が回っている
競馬がいる　ひっそりした競馬
競馬が何か話しかけてくる　聴こえない
競馬が渡してくる
この券を買うといい？
翻訳者の声　予言者の声

競馬がいる　競馬
競馬が突進してくる
金が光る　人が喚く　金が飛ぶ　人が飛ぶ
誰もいない森のなか
陰気な競馬
誰もが夢見ている競馬
競馬がいる　ひっそりと艶かしい競馬
こう　語りかけるといい　券を一枚、くださいな

クロコダイル

黒いダイヤに似た　もっと黒ずんだ
この国のしじま
彼らの招く
深く沈んでいく
ざわめき
影の花々、樹々
辿り着き
流れしたたる　美酒　川　酔い
手にした

その石　そっと沈めれば
不快さ、潔さ
すべての感情を通りこして　沈んでいく
どんな暗い淵に沈んで

この国のしじま
明日の雨の占い師、雨乞い師
侍らせて
好きにしたためる恋人への手紙

王侯貴族の千の宮殿が連なる底
その煌々とした灯かりも届かない
深々とした夜空のどこかに転がった

遥か　暗い　高く暗い夜空には
どこまでも大きなクロコダイルが泳いでいる

II

憂鬱の城

斜めに傾いたままの
針の見えない時計がある
暗い城
どこかに　誰かが　囚われている
水の気配だけがあって　どこにも水がない　こんな
憂鬱の城に入る
憂鬱の城のなかで　誰かが叫んでいる　だけど　誰の声も聴こえない
外には　森が囲んでいるだろう　動物が　いるのかもしれない　よくわからない
憂鬱の城のどこから　空の見えるところに行って　空を見れば

薄く白い青空があって　雲も流れている
憂鬱の城にいる
調理場に　食材が残されていた
蛇口をひねっても　水の気配だけがあって　どこにも水がない
この城の　奥深く　奥深くがある
どうやってして　整然とした城　誰もいない城
この城の　奥深く　奥深く
どうやって　いつも　いつか　あのとき……
城のてっぺんの方まで　階段を上がったら　窓があって　空の切れ端　空を見れば
薄く白い青空があって　雲も流れている
鳥が　頂の方で　飛んだ気がする
なんて　くるくるしてる階段
乾いた城

広い城

この城のまわりを　子どもたちが駆け回ったことのない城
華やかで淡いパレードが　どんな冷たい冬の空気をまとって
空から空へと渡っていくというのだろう　何を導くでもないパレード
星が
斜めに傾いたままの
針の見えない時計に浮かんでいるだろう
憂鬱の城に囚われている
窓から眺めている　雲が流れている　雲だけが流れている
この城の　奥深く　深く　奥深く

象の船

象の船が
とてもとても細い川を流れていく
霧だけの岸　川は細く　ただどこへとつづいている
骨ばかりのイメージが
象の船　細い川を走っていく
見たこともない川　見たこともない道のような細い川
薄い空　かかっている影は見も知らぬ　謎めいた空
象の船
どこまでこの細い細い川を流れていく

ちいさな船　骨だけのイメージ
何もかもがよく見えない
音も静かに
この川のとてもとても下の方まで　ちいさな船は行くのだろう
見知らぬ川　見知らぬ空
象の船　骨だけのイメージ
だんだん細くなっていく
だんだんちいさくなっていく
細い細い川　ちいさな船
見も知らない　こんなところは見も知らない……

水路

水路がつづいていく
長い細い水路　どこの建ものの水路
かたくひび割れたレンガの水路
冷たい水が伝っていく
水路は細くもっと細くなって　いつかどこかへ消えていく
かたいレンガがぐにゃりと曲がっている

今までに見たことあるものたちが　そこかしこでぐにゃりと曲がって立っている
冷たい水だけが細く細くなった水路をぬけていく
その先はもう誰にも見えない　知覚できない
ぐにゃりと曲がっている
なんて　冷たい水だろう　そんな先へと行く水は

隠者

夕べの雲に、
隠れた何か、どこかで、
不吉といわれた鳥と星が重なり合う、
すべてがとおい何時かに計られた暦の。
鐘が鳴って、雨が降る。

どうしてちりちりと燃えている羽を探し出せない。
どれほどの期間遣わされていた多くは、
戻らずに、季節や風や、方角に同化した。
貼り出されない地図に居着く者も。
舌の先に降る、雨の味だけ。また鐘が鳴る迄。

田園

夜、窓を開けると　果てしなく、
蛙の鳴き声
どんなに深い声　どんなに深い闇
それがどこまで　どこまで　つづいていくというのか……
黒い田畑　水だけが静かにゆれることもなく
遠いところへ行く畦道……

そこへ、導くでもない鳴き声

どんなに深い声

どんなに深い闇

すてきなドライブ

空はパレードの夜に
どこからはみ出して
大陸の縁を走っていく黄色いちいさな車　とおくまで行くの
海を渡る風はそよいで
遥かな南の空気をまだ孕んでいるというに
どうして淡々と　急いで
暗闇しかない道を　暗闇しかない方へ
わたしは溶け出していく部品を次々に組み立てるしかない
くるくる廻る星

かつて
工場を過ぎ
マーケットを過ぎ
たくさんの人々が去った
そしていつからパレードが

知覚の先
鋭利で　繊細な刃で　切っては刻んで
繰り返し　切っては刻んで　その繰り返し

大陸はか細いただ一本の道になり　車は走りつづける
わたしは溶け出していく部品を組み立てるしかない　組み立てるしかない
くるくると廻りながら　何十年も　何百年も

そういつか　暗闇があまりに暗くてきらめく原始林地帯に変わる頃
パレードはきっと終わってしまう
車は　楽しげでもなく悲しげでもなくまた　淡々そこへと入りゆく
そのときに訪れる　安らぎでも　憂鬱でもない　ただそれがそこにあるだけの心地よさに
流れて　消えてゆく星々は
森の奥の奥の骨のきらめき
底へ底へと

もしも　パレードからはぐれられたら
そんな車に乗ってすてきなドライブへ行こう
あらゆる感情が沈んだ暗い　暗い底を　はてなくちいさなランプふたつをともして

南への旅をつづけようと思う

南への旅をつづけようと思う
知らない木々　白い木々
夜のなかで　光る木々
丘がどこまでも伸びていく　そこに連なる　光
あまりにもひややかな　ひややかな　銀色の星
とおい空　知らない空
そこにある　南
この丘を行けば　この夜を行けば

やがて再び浮かび上がる　南の島々
黙々としている木　風の止まり木
白い夢
連なる　光
探りあてる
南の秘密が待ち受ける密林　商業地区で取引される密売
知らない木々　知らない空
そこにある　南へ

III

南の島々

何もない　何一つ
色も手触りも覚えない　面に浮かび上がる　南の島々
穴を開けて　風を通せば
心地よさに　こぼれるベンチに腰かけている　昼下がりになる
まだ白い島々
透明の鳥のダンス
聴こえない唄が　海のなかほどを駆け巡る　銀色の魚の群れ
とても深い　こんな深い海

島々の下に　つづいていく　深い　深い海がある

風が少しだけ冷たいのだ　昼下がりに雨
細やかな　金のような雨

さいはては　もっとまだ南の方へ行くのだと　島の人の声がする
ただ　もっと　南の端があるのだと　思いながら

南の家

どこのまるいぽつんとした島に　家が一つ
ただ佇んでいるだろう
南にある家だ
そこへ引っ越した　いや
わからない
仮住まいに借りただけなのかもしれない
だんだん細くなっていく家

どうしてだろう
だんだん細くなっていく海
何かが　曲がっているんだ　どこかで　とおい土地で
空が折れているのを見た　青が流れて消えていく
そこに一陣の鳥の群れを見た気がした
夢に見られたこともない　南の家での暮らし

空の家族

とおい空
どこか知らない空の上
白くそっけのないちいさな家
空の家族が住んでいる
変わらない生活がそこにある
空の家族が住む家の下には
広い海がある　ただどこまでも

時々　雲が流れていく
時々　つめたげな風が吹く

だけど　ここは南の海
そのことだけは　たしかなこと
とおい　はての　南の海の上にある
空の家族の住む家が

スネーク

南の海を渡っていく
白く長い巨大なスネーク
海上に見えるのはそれ限り
体をしなやかに大きく　くねらせ
海を渡る　スネーク
海を渡りゆく

南の海
風が均一に吹きつづけ
白く長い巨大なスネーク
それだけが
海を渡る

海を渡りゆく

船底の灯かり

船底の灯かり
海底火山
死火山

照らし出す
遥か下の下を　底の底を進む
ミイラの行列

あらゆる金と銀　あらゆる色と色

すべてを見もしない
その手は何も摑まない

死の山々
越えてゆく

船底の夢
あたたかい
ミイラたち

どこへ行く

海底火山

なんて緩やか
死の山々
なんて緩やかに　それをのぼって、おりて、おりてゆく
ミイラたち
その先に

あらゆる夢と夢　あらゆる生と生
すべてが足もとに転がるだけの

海底
死の山々
遥か下の下
ミイラたち

行ってしまう……行ってしまう
船底の灯かりがゆれている
暗い途方もない空の　ぼやけた月のように

ゆるぎのない宿

誰もが安らう
このゆるぎのない宿は
南という南のそのもっと南の南にあって
端っこに引っかかって
あらゆるものがその先へ流れ　消えていっても
いつまでも安らう宿として
誰をも迎え入れてくれる

ミイラたちの食卓

ほうやりとした灯かりが暗い暗さで薄く照らし
あらゆる金も銀も　あらゆる色と色も
壁の向こうの暗がりの向こうで散りばめられて光っているのに
その光は　暗さのなか　ほどよい光で光って
ミイラたちのまろやかな気持ち
ミイラたちのあたたかさ
したしさ
誰もが安らう
ここはゆるぎのない宿

あらゆるものが流れていくその流れが
とうとうと
奏でられる音楽として

ミイラたちのうつむき加減
ミイラたちの手と手
ほどけていく……
ほつれていく
あらゆるものの流れのなかへ

暗がりにまた誰かが入ってきて
そのうち誰かが出ていく
南の
いちばん　ぽつんとしてある宿

暗がりのなか　光　光り　流れ

ミイラたち
ほどけていく
ほつれていく……

南風の海

南に更けていく海覆う影
風がともすれば吹いているのに気づかない
どこかの砂浜に朝
鳥たちのささやかすぎる微笑みとダンス
ふくよかな夢さえも　もたらされた　かつては
歩いていく誰か
立ち止まるのは誰か
すべてがぐにゃりと折れ曲がった細長い形をしている
遊んでいた蟹

今はその名残のような
最初から何もなかったような
砂粒だけが零れていく
どんなふうに　零れていく
どんなふうに

踊る鳥たち
歌う風
南に
名前のない南

今唯ケンタロウ◎いまゆいけんたろう
一九八〇年生まれ
二〇〇九年ユリイカの新人（辻井喬・選）

本詩集には、二〇一二年から二〇一六年にかけての作品を収録した

意識《いしき》の瑪瑙《めのう》

二〇一八年九月二十二日初版第一刷発行

著者　今唯ケンタロウ
発行者　上野勇治
装幀　港の人装幀室
発行　港の人
神奈川県鎌倉市由比ガ浜三―一一―四九　〒二四八―〇〇一四
電話〇四六七―六〇―一三七四
ファックス〇四六七―六〇―一三七五
http://www.minatonohito.jp

印刷製本　シナノ印刷
ISBN978-4-89629-351-7 C0092